明日も迷鳥

小嵐九八郎歌集

Koarashi Kuhachiro

短歌研究社

目次

明日も迷鳥

カバー装画・挿絵　工藤紘子

明日も迷鳥

しゃがんで、西を

天塩の野に浜なす空にさらわれておんなのひとみに水まし赤は

いまもなお1《イチ》9《ク》17《イチナナ》は我が暗証ゔぉるがのほとりろしあ暦十月

野寒布の岬でしゃがむ耳たぶにいつかも嗅いだ極東のかぜ

れーにんの柩の軽さに哭くおみな岬の風きてるーじゅ剝がれむ

ぶはーりんは処刑待つ地に帰りけり目隠しされて処刑されたり

摩周湖とばいかるの湖《うみ》をくらべたり血の嵩はかる器もとめて

同志えじょふ寒いか寒いだろだアだアだア銃殺のおと師の趣味のおと

凍て国のべりや憶えば時はやし掌のしわに見る喩とならざるを

もろとふはほのおの瓶とひそひそと探しさがしていまは歌びと

書記長の屍の靴に口づけむ遺産をかぞえ無駄してまれんこふ

国防服にめったやたらに星つけてぶるがーにんは悩まざりけり

こんにちはいなかとっつあんお喋りのふるしちょふ消え海は海いろ

知恵の輪をついにほどけぬ少女だから赤色史のなぞは酒場で解けば

もんごるを越えて海峡わたりくる記憶なくした百舌鳥《もず》につみあり

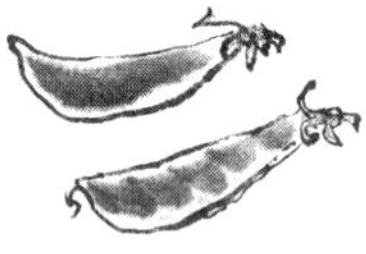

『田中小実昌さんへ』

春さむに川崎みなみのおんな屋の姐《ねえ》さん手酌しテレビを灯す

その死者は練馬に住んで酒好きで知ってるんだといえなくなって

娼婦史の謎を解くならミミの耳ほじくりながらさよなら小実さん

あのね、て、て、哲学はバスのなか過ぎゆくいまにいまってうつろ

ひたすらに塩の袋をかつぐまま銃を捨てたる兵は眠らむ

訃報《ふほう》聞きなぜか帽子が欲しくなり雪降る湯沢にあす出かけよう

ふくろうの羽にはぬくみの記憶あり人を逝かせて闇に溶けゆく

死海の北へ

足裏に砂の湿りを知りたくて靴下脱げば風は西から

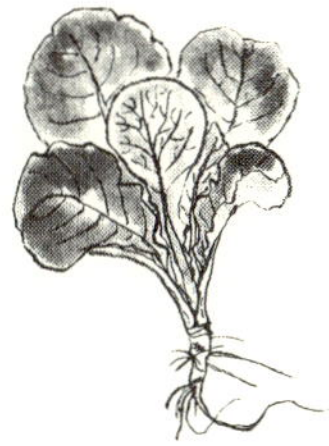

死海よりやはうぇとあらーの違いゆえ血溜り増やし神という楽《がく》

伸びをする公三の眸《め》に刻《とき》は降るあじあは見まい東の果ての

砂つぶは獄の窓辺に吹き寄せておとこの指にざらつくばかり

うつろなる目の芯だから振り上げた拳は忘れず薬莢のうたを

深爪をする度おもう公三が歌わぬわけを桜さくらと

夜の寒きべか一高原の机にて女は書けず恋の終章

ちちははへお礼のいいようもありませんと剛士《つよし》は遺す　てるあびぶへと

だれが告ぐ武器よさらばと始原《はじめ》より鏃《やじり》の先へ類は頬ずり

いうならばあらぶの風は乾きいてにっぽんは房子、梅雨こそが性

第三の男に負けぬらすとしーん科《とが》の終いを晴生《はるお》黙せり

高麗はさくらと散るか謎を抱きそれでもおるねぴょんやんに金氏《キム》

失くせるは黄ばむ通帳保険証万里子は食えるか縁日の飴を

山椒のわかばは萎《しぼ》む鍋のそこ醤油の濃さにかたち崩して

仲間殺しに杏咲き

きりのない合わせ鏡のその奥のくもりに立った我が顔は父

訛ごと父を乗せたる「白鳥」は三月三日青森を発てず

ゆめんなか父の泣き顔わが友にからまりついて暁の汗

振りをせよ眠りてねむり枕抱き責めはしまいに裂かれしゆえに

七人の死者を数えしわが郷《さと》はあばら屋ずまいの 褥《しとね》にて刺す

庖丁は切るにあらずや桃などをなつかしき村は仲間の肉を

真鶴の駅に森かぜ吹くものを血のりに酔いて息を鎖すと

うたを捨てはがねは艶を増したるか鶯谷に初老のおみなが

糧をえる職場がよいは避けられず路にて駅にて甃れたおれし

三みりのやいば肋《あばら》をくぐるとき哭きのうつわは雨やどりして

らっだいとを戯画とせし人にまるくすも野良は跳ねられ火器はみがかれ

聞こえくる祈りとうたの綾あわし空即是色もぷろれたりあも

「踊り子」の切符をぽけっとに真鶴へ拍《はく》うちやまぬ左の胸に

ちゃりんこの籠に杏の花のせて少女のいそぐ今朝のありしを

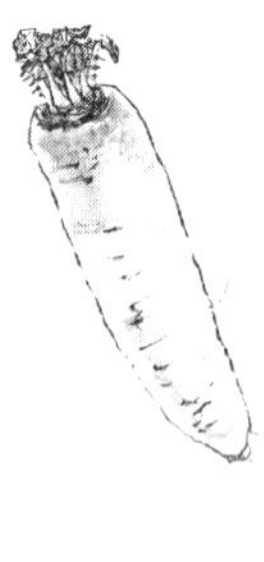

あざみの綿毛

森の宿に篠突く雨かと寝返ればなんの兆しか葉ずれの歌歌

ねぱーるの親子の骨をけぶらせてもんすーんいまし伊豆の山んなか

類のつみかくさんとてか八人目路《みち》で殺《や》られて土砂降りが唇《くち》にと

犬掻きに疲れた手首で銀河見て槍の小屋にて的《まと》を決めしか

八人目とだけ書きたるを次の日は日記に足せり同志殺しと

ぬばたまの死者の列伝書ききれず都《みやこ》のくらがり神田川へと

もう老いて忘れただろうくれよんの白だけ盗みし小箱はどこへ

神田川ときには溢れ下駄箱の下駄をさらいてあじあの恋も

ぽぽうぽぽ土鳩の鳴く街訪いたれば除名のうわさのきみは布団に

桔梗置く老革命家のすむ部屋はひとりの分派にひとりの寝床

青すすきを掻き分け逃げたは三十三きみは振りむきぱるちざんの説

父を呼ぶな麦わら帽子で額《ぬか》かくし両目をおおい位牌に迷う

杉の呼吸《いき》は父の胸穴かけめぐり能代工業木工科卒

おーいおい、訴えならず哭きらしき工藤伍長は逃げて能代へ

陽《ひ》のにおい布団にしみさせ秋の夜は詐病の父のながき咳きこみ

負け戦を祖父は信ぜず父殴り真夜に軍服吊るしたりけり

軍鶏《しやも》ぐるい緒戦でいつも負けを見て腿を刺し身にうそつき父は

さーかすは子供を攫うと押し入れに父が錠鎖すじんたは怖い

膝頭にいまなお残る父の顎ひもになる夜の飛び出す夜の

おいでぃぷすを逐いしは真昼か青空のあおさ測れず父の死に顔

たぶんそれあざみの綿毛のまようのは子らのとげへの父のことづて

枯れ葉に

煤《すす》にまみれNY《えぬわい》のびる甃れたり砂ふる浜のにしん御殿も

いちまいの枯れ葉まどからはいりきてふうわりに酔う位牌が呼ぶのか

おそれざんの死化粧師からたよりありそよろ打つべし仏壇の鉦は

仏壇の祖父の写真の戦帽はそっぽをむいてただに黙《もだ》せり

生きのこる叔父は褞袍《どてら》をはだけたりＳＨＯＷ・ＴＨＥ・ふんどし旗となれぬを

あらびあへながい旅路かみなとまち十三番におんないくたり

暗殺《あさしん》は大麻に出でしことばなら布団につまとばーぼんに酔い

なにもできぬわれの弓手《ゆんで》はただのほね枯れ葉にたくす無死の断食月《らまだん》

背黒かもめ

ひだり手の手ぶくろ主を見失い道に濡れおりあしたは雨水《うすい》

九人目やまいの床で癌に死す兵は招かず葬いの宴

まずそうに酒を舐め舐め死の順を告げたる人が医院に斃れ

いうならば然《さ》れど跡目の争いはうたげ哀しも宴にありと
大むかし等しく分けあう人人が楽《がく》を禁じて墨家と名のる

むかしむかし墨家は律《りつ》と非攻いい酔いたるのちに裂《わか》れて滅す
滅びなば党史も消えむに病む辺には煤はたなびき筆は握れず

詩は負《ふ》へと党史のゆえになれど嗚呼貞香は歌う、いっていらっしゃい

からおけが猪口をふるわせ啜りなく誰に向かうか次なる予告

父とYとはぬばたま闇に寝汗へと赤紙のゆめ内なる処刑

「お多幸」のおでんの湯気は目まい呼ぶ浦島伝説死者にも生きむか

〝ず〟の韻《おと》が人と人とにゆきかいて北の駅舎で北へと瓶を

骨を撒きし風合瀬《かそせ》の駅の野も汽車も指すら青く雪に泳げり

風切りの初列のつばさを空に寄せ背黒かもめは罪を洗わむ

イラク春情

くらがりで大蒜《にんにく》の芽がめざめたり冷蔵庫にも雨水きたれり

地球儀を撫でればひたにまんまるでＮＹの灯がバスラの油田が

おそ植えの水仙あわてて蕾もち春一番にたおれたりける

砂つぶは毛穴に沁みて黒ずむをイラクに吹け吹け砲錆びるまで

縁日の綿あめつむぐ人妻はふくらむ形を罪に似せたり

廃屋の破れ窓から迷いゆく青い蝶蝶アラブは遠く

すかーとを捲れば虚無が貎をみせ桃くちやすくアッラーはいますや

白足袋のかたっぽ置いて帰りたる女はどこへ湯河原の宿

犬死にをうたいし歌人はなお生きて指を折りたり十指で止まり

情報相そんなサハフは迷役者便所で哭くだろ眼鏡を外し

さくら歌生きて百余首つくりしが今宵狭霧に木偶と立つべし

青いまま羽化しそこないし蝶のあり風にふるえていのちというは

墓碑銘が丘に揺れるは陽炎とあらびあ文字の段ぼーるゆえ

とうきびの種にぎりしめそのままに父の逝きたる四月を送る

犬生き挽歌

窓を開ければめりけん波止場は煙《けむ》んなか
――もちろん
父は死んでおる
がぼがぼ　がぼがぼと　醤油飲み
すたこらさっさと負い目を忘れ
ここは満州赤い陽の沈むとしても〝馬賊〟狩り　血と偽って胃
液吐き　んだんだ　そんだ　助兵衛が呼ぶから逃げたど兵役を
　だとだとだとさ
帰ってのこのこ息子を産んだ
遺言なんざ遺さなかった
癌とは知らず　うんと長生きできると思いこみ　まわりが役者
ばかりとは　知恵は回らぬ

ふるさとに帰りたかったわけではあるまいに
凍て地に未練があったわけでもあるまいに
稗《ひえ》の種　掌に握りしめ　こわばる生命線にこびりつけ　放さなかった　だれかの喇叭《らっぱ》にあこがれて
医者にわらわれ　母にわらわれ　子にわらわれ　趣味の海を見れないままに　きょうねん七十　一九八〇年八月十六日　死んだのである

九《ここの》つとあええ　ここの親達や　皆鬼だ　ここさ来る嫁　皆馬鹿だ　などと歌えず
——あたりまえだ
母は死んでおる
三女ゆえに　おでん三皿　焼き鳥九本　無錫への旅に　くちづけ一度　宿は高くて
そんで父といっしょになった　と嘆くわ嘆くわ　寝床のなかで

便所のなかで　財布は別別　一日に二度未満のちわげんか　え
きすぱんだを七回で　一日一度のこっきり飯で　金を貯め　同
じいなかの娘をしごき　また金を貯め　びりびりする洗濯機を
買い　ごむ手袋をあやつって　金を貯め　息子に溺れちまって
　ありがとさんね
天皇さまに知られず　ひばりに知られず　治虫に知られず　く
れむりんに知られず　ふるさとを罵り　でも　帰りてでなあと
いい　病を癌と知って　まっ黄《き》い黄《き》いで　よくある　通帳の印
鑑代わりの指輪を　掌に握りしめ
医者によろこばれ　子によろこばれ　子の妻によろこばれ　き
ょうねん七十七　一九八九年一月三日　死んだのである

背中《せな》で泣くわきゃねえよ　唐獅子牡丹《からじしぼたん》
――いかんではあるが
友といえる友　十一人が死んでおる

二人は　砦の中の間者《かんじゃ》との隔たりを音楽おんちゆえに　砦の近
くで死を強いられて　蜂起ごっこも見れずに　包帯だらけで
掌に空《そら》を握りしめ　うちの一人の軀は大きい　屍は柩に入れな
い　足を曲げちまった　とりあえず　きょう年二十七　一九七
五年　うちの一人の骨は白過ぎた　きょう年三十六　一九七七
年
九人は腕《かいな》のなかで　息をしなくなった　うち一人の妻は　あ
んた返してよとゆうて　一人が売った男の盲腸の棘《とげ》を知らない
なんて
一人は出勤途上　一人も出勤途上　一人は真鶴《まなづる》　一人は男装《だんそう》
残りを略すは　掌を覗くことができないために　のこしたもの
を探せないから　十人のきょうねん不明　死亡日不順
そのように殺されていった　ひとりよがりの果てとつぶやかれ
　時代おくれとたたかれ　仲間うちの最後の仲間なのにと囁か
れ　くりからもんもんを彫る暇もなく　死んだのである

まさきくあらばまたかえりみむ　ってか
――かえりみるとは古代からの置き手紙
だけれども、おれは生きている
父はちちと呼ばせて乳と無縁　母はははと呼ばせて刃《は》刃《は》か葉《は》葉《は》
か　時折り　仏壇の鉦《かね》をたたくと　いないような　いないよう
な　いるような　慌てて糧のらぶすとうりーを書くと　やっぱ
りいないような　死人には口《くち》があるのだな
友らの有り得ぬ　それからそれからの年を数え過ぎ　たとえば
　まほろばの　海王星に　夏くれば　四十年は長居するらし
と歌つくり　五七《ごしち》に嵌まり　たとえば　歌をつくる時だけしか
つめらしい気になって　無間地獄に慣れていくのだわ
イラクの丘に　段《だん》ぼーるの墓碑銘が　揺れるを見ても　くち拭《ぬぐ》
い　女の尻とアメリカを秤にかけて　女をえらび　子をえらび
　掌にせいぜい　耳掻きの紙縒りを握りしめ

父よ母よ　友らよ　犬生きの言葉を送っておくれ　死んではいないのである　それでも自慰史を　なお　そまつな挽歌を　生きているゆえ　繰り返す　掌に握りしめるものなく
父にわらわれ　母にわらわれ　妻にわらわれ　子にわらわれ
友にわらわれ　享年予定九十九　二〇四一年七月七日
〈二〇〇三年五月二十二日記〉

少女の断食月

西風ははの今わか耳鳴りか岬の裸木の木霊の酔いに

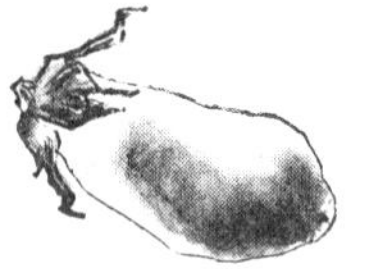

暁のついにばれざる殺しとは純になれざるからす瓜の赤

掟あり詩に先立ちて雹は響《な》るまぼろしとなれ黐《もち》の木の弾丸《たま》

波止場には吃水線の錆匂う少女の素足が船を隠して

剝がれゆく少女の手首の瘡蓋に流れてやまぬちちははの罪

婦警さんは冷蔵庫に愛をこめ不義の子埋めてと　少女の唇《くち》に

さねさしのさがみの宿のものがたりイラクの地下の穴は小暗い

ゆくとんび砲を向けられ忽ちに砂漠へ墜ちて風に忘られ

断食月《らまだん》にてっぺんかけたかと鳴く鳥を聞かず絶えたり自爆のゆえに

サダームの顎ひげに棲むいたずらは切られてかなし焦げて焼かれむ

アッラーの怒り解らず戒めも然れど劣化爆弾　こ、こ、この野郎

渇くまま殺《や》られしイエスはなお渇き砂に這う人見しはまぼろし

爪切りの刃の押しくる韻律は桃の傷つく予感の目まい

深爪はするなといいて爪の血の少女の託す宙《そら》にさよなら

岬からバスはもどりて座席には少女が一人土砂ぶるなかれ

ゆずの湯にみどりの日日は忘れむよひぐらしの羽を透かした死者を

花の記憶

むっつりとぺらぺら紙が送られて花の知らせと処刑の時を

花の芯は七つの頃の美代のいろおしっこ終えて拭きしくぼみの

とりあえず家を出まして楠のはだかの肌を避けて通りへ

ついの朝は喉をくくられ床が落ちほぼ七分を処刑と呼べり

棺の人のまだらの縞のあおあおの縄目の首を花はかくせず

きみの眸《め》に映らぬ闇のさくらばな時を刻んでときを失くして

梨の花といずれが白し名古屋ではくすぶる骨の鮮しきこと

なぞなぞの時のはじめを問いしまま解けずに果てし囚人の里

廃屋は七年たちて人を呼ぶ谷の狭間に花にうずもれ

敷石を割りて揺れたるどくだみをちょん切り折れば屍がにおう

鳴くな鶺鴒《せきれい》しりを振り暁はいらくの人が詩を歌うから

砂漠にもさまわの土にもあらし棲む詩より激しい詩を生みしゆえ

かすかにも銀河の塵を棲まわせて我らの骨は軋みていまに

帰りなばおんなが呼べり街角で川崎に合うぺんぺんぐさは

六つの日に母は強《し》いけりざら紙に「無《む》さ、行ぐども」と死なる文字のみ

もんもんのおやじが地べたを箬うてばバナナは安くなおに希望《のぞみ》は

問いて、答えず

山毛欅《ぶな》の木は早死にの児を溢《こぼ》しけり八月六日みどりの地べた

十勝バスは7号という駅を過ぎ霧の野原へ迷いしままに

この旅はきみに問うため病歴を十勝川へと病舎にあらず

サマーワの土の渇きを告げながら俄かに麦茶を吐いたその人

はぐらかし広い国道を右にゆき投込寺が都にあると

ふふあはと情人らしきは靨《えくぼ》みせ五年の刑の女囚の夜を

萎れると知りて二輪の浜なすを二人に置いたついの別れか

水に聞けどちらが先にゆくいのち土砂降る十勝に川がなる響る

帯広の北へゆくころモーテルの硝子は破れ時のあかしを

霧の吹く連れこみやどの廃屋にからすの四羽つばさ研ぎけり

もう吹いた日高《ひだか》おろしの番小屋のはためきやまぬ手配書と写真

闇を飛ぶかなぶんぶんの背の青さ振りかえりなば友の写真が

音別《おんべつ》の小屋にもたれて海流が霧をかきまぜ泣くのを聴いた

夏はゆく迷子さがしの声のこし死にたる母らの齢《よわい》六十

海王星と花見

鈍行は海にねむけをもよおして根府川の駅に男をおろす

石廊崎へ持ちゆく傘を買ったのに電車に忘れ電車見送り

一番線を探し探して見つからずそんな駅舎が海っぷちにあり

海ふちの長いホームの四番線水たまりには病むおとこいて

根府川の一番線を探したら石垣のすきにたんぽぽが揺れ

地震《ない》がふりホームは落ちて根府川の崖下の海へ沈んだという

エディプス王をおもえば悲し父ちゃんは母ちゃんのかげで煙草すうなり

若はげのあいつはどうしているのだろ桜ぐるいの殺し確かな

本名は三つありけりまほろばの組織名一つ　桜野一期《さくらのいちご》

烏賊の目は水底で見むたそがれを根府川の駅に灯がともりたる

目の裏にさくらの白き傷跡がひたに散りゆくサマワも春か

園児にはくりかえすべし灰白きさくら木下へ死学一章

夜がくればくらげのまなこたよりなく波に巻かれて花に揉まれて

娘には目隠しをして見せるべし根府川の花に溺れむからに

やみの花むくろを燃やす炎たれわが血脈はこの娘で閉じむ

崖下の犬よ吠えるな闇の九時桜のはなが痩せてしまおう

冬の期が四十年の海王星　花とはなにか青なずみけり

泣いておりうつつならずとレーニンのひまごの夢はまるがおのでぶ

あの世までちちくりあえずと知るいまはひつぎに入れよつまの吐息を

ゼムクリップほどけて遺書のコピー散り屈めば花に誘われし嘘

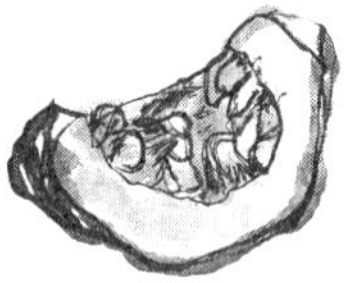

骨壺への煙草

まるい底をとり忘れたかとのぞきこむ洗濯機はいうタールの骨壺

んだ、んだとふるさとへ急かすドプラーのおと腿のつけ根の脈の詰まりが

吸いすぎて下肢の痺れる男あり化繊の脈を胸に埋めこみ

アカシアの葉っぱを乾かし紙に巻くたばこ代なき父のある日は

もくひろい死語となりしが身を折りてひろいし叔父の素ばやさこそに

土砂降りにやんまの眼をした車ゆくギャバンのくゆらすたばこに焦がれ

ニコチンの酔いといっしょにやってきた初恋のひと妻へのくちづけ

ありふれた邦雄なる名の骨いずち詩器を犯して銀河へこだま

イトカワは軌道をはずれ闇のやみニコチンの味は天の河へと

「横浜《ハマ》」版の出船入船時刻表咸興《ハムフン》ゆきは記しておらず

秋ふけて迷子さがしの拡声器平壌《ピョンヤン》の芒《すすき》に吸われたりける

核を持つわくわく気分にくらべれば妻よたばこはちいせーぜ　あん

黒黒と胸じわに棲むタールあり除名ののちのNの処刑の

罪ぶかくたばこを吸えば肉《み》を洗いいのちの澱《おり》を溜めてゆくかな

夏隣りの国道駅

帰って来《こ》　なにがと問えば無人駅鶴見のはずれ潮鳴りもせで

駅びるのいちばん古い跡なると穴ぐら闇にちゃりんこ五台

なんの鳥かひょーいと哭きて無人駅ああいたずらに時はしばたく

放鳥はここいらの人のたましいを預けるならい葬う朝に

ささやきの舌嚙むほどの子音持つぷろれたりあは駅舎におらず

眠れねむれひるがお群れる線路ばた人妻らしきが電車に手を振る

乳をだす人妻だから乳色にあめふり花のせつなき倫理《もらる》

夏隣りに噎せるよもぎに足をとられ昼に飲む酒娘《こ》よな密告《ちく》りそ

骨つぼのこんからこーんの内側はうちうちげばのぐっしょり汗に

にれの葉の吐息のさやぎは風まかせ裂《わか》れて殺《や》るは五人に五人

小町《こまち》とう街に明かりの灯るころ七十どしまの乳房の史《ふみ》も

冷やざけは厚いこっぷに目いっぱい年増の女の入れ歯の脇で

おんな桃《もも》おんなのないしょそと剝かれ騙《かた》りは饐える梅雨の入りかな

わが銀河はいつか吸われるあんどろめだに青を吸いたるあおいまそらも

消し炭いろの

ととんとんとん躊躇《ためら》いかすれかみっぺら機器のすきから訃報をよこす

未来朗《みきろう》は今夕五時半死にました、なんででしょうか、遺書はありません

小六の甥は道産子かしこい子爪先立ちで遠めがねが好き

にわとりの首なき脚が走るを見て遁走曲《フーガ》を耳に　まさかだろうな

釧路着鳩羽鼠《はとばねず》いろお魔《ま》んが刻忌《とき》中の幕が港を見ていた

蓋を開け首の紐あと見たりけり死化粧乗らぬ消し炭いろの

ごらん波止を盗賊かもめすら背をまるめ青い遺伝の罪を被りて

つかのまのメロンの甘みと地球史の謎を解かむと死を選《と》りしか甥は

鉄の箸は菜箸《さいばし》に似た突つきばし妹と二人で骨はさびしよ

喉ぼとけの尖るかけらは大祖父の愛と戦《いくさ》の証しならむに

ほねが鳴る瀬戸の骨壺どそみふぁそ聞こえてくるぞ少女が欲しいと

骨壺をのぞけば闇は汗ばみて早死にの友らがぼそり裏声

なんのため歌うたうのと訊かれたら一《はじめ》氏の音だ脳挫傷死の

帰りみち甥の魂待《たま》つ迷いみち津軽の痩せ地に呼ばれる野みち

腰まわりを痩せさせ青ずみむんむんとおとこ山なり岩木山なり

水子たちひそ語らうは業晒《ごさら》しの地蔵尊にて母の陣痛

かざぐるまそんなに疾《はや》くまわるなよ賽の河原の小石崩れむ

硝子の箱にあめふりお月さんはどこへゆく白無垢人形袴の花婿

闇の闇へ軌道をはずれたイトカワはびしょぬれ水の星に背をむけ

通りあめ楡《にれ》の葉っぱにくすぐられ赤子のまなこを濯ぎゆくかな

襟裳の岬へ

街灯に蝉が腹見せおごめけり友は友殺《け》し三とせがたった

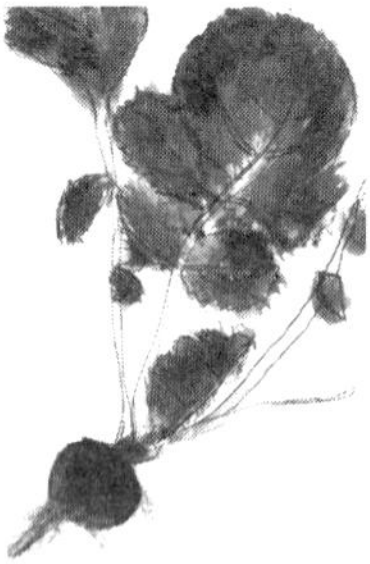

かつて仲間のTは化学の博士さま骨から沁み出る学を求めて

地下室の忘れ物置き場に立ち会えば千本の傘に二つの骨壺

冷凍庫の時間は長いのだよと博士いう骨壺のなかはいかにあらむや

ぽけっとにこっぺぱんよりやや長い友の腓骨を挿して北へと

神威岳のむこうに爺捨て山があるという日に日にまぶし厠で背伸び

襟裳のあした風切り羽のしなう朝せぐろかもめも狭霧にまよう

ひぐらしは友の途絶か耳鳴りか未明の昏さに晩夏の五日に

かーてんはひとりでに開き闇空に謎かけかもめが赤子の唄を

そんなに歌うな弟Ｊよ黄金律は射たれしかもめの黙しにあるに

ばぐだっどはただ鉛いろと風便りさだーむの骨に砂こびりつき

どんなにも掘っても青くはならぬ空かぜだけ聞こう襟裳の先で

青くさいとまとの蔕《へた》を北で食う姉と争うとおいかなしさ

赤んぼう抱かれて蓬にしゅっしゅっしゃあ水色に爆ぜみどりの明日へ

鳥ではなくて

あんずの花を水にすすぎて鳥ぐもの白さに洗う闇のさくらは

舞水端里《むすだんり》は美《は》しき響《な》りなりぷれぜんと首領さまから鳥ではなくて

花を見むと佐渡発つ朱鷺《とき》か太古より捕えがたきは女の嘴《くち》よ

飛ぶ鳥がじゆうの喩《ゆ》との時は逝くそれとも朱鷺は飢えのつばさか

頬白に卵を抱かせる郭公は罪つぐないにかっこうかこっ

駅前の本屋が消える花屋では種を売らずに　風切り羽よ

うらやまし三年前の京のよい花盗人が手錠かけられ

失いしさらんらっぷの巻き芯は鸚哥《いんこ》を捨てた友の死に似て

J1に5対5なんて野球かと寝ぼけて開く鳥の死日記

鳥のうたをついに凜凜しく歌えぬわけは指で数える十《とお》の処刑死

葬いは鳥の群がる舟に乗せやがて間引きの小箱となりぬ

聞くや兄　麦粒ほどの撥《ばち》で弾くぺんぺん草の泣きに鳥恋う

むかしものがたり

死に蛍しどけない羽でほの青し吾も睡らむきのうの喩《たと》えに

ものがたりものがたりだよそのむかし犬死にに惚れた青年たちの

掌《て》から逃げちいさいじゅんさい味なき青さ子音列《しいんれつ》に似たプロレタリアの

森の王ロビンフッドに続きこよ粗い毛織のぱんつを穿いて

毀すなら首領はラッドいまもなお生存不詳の男とゆかむ

石炭を焼《く》べれば水は熱い湯気　ワットはすげえ五指は無体に

機械油を知らぬ男ら背の肉の痩せぬうちにとハンマーで荒れ

砂撒きなど横しまな道とひたすらに五年ぶっ叩き潰えゆくなり

十七人の処刑を終えてほふほふと笑いし末裔《すえ》がてつがく史かな

コギトゆえ手触りの熱さ失いてラッドは泣いたちんおまの匂いに

マルクスが嗤う男らラッダイツ今朝も仔猫は障子を破く

始祖鳥はむかしむかしに崖を発ち自らの重さで墜《お》ちしというが

大江氏の好きなコギトであるらしい反歌捧げむラッドの指胼胝《ゆびだこ》

だからこそ氾濫に死すほうたるは水がいのちでありけるからに

鳥ぐもにならむ兄者になに添えむ凍てつく通夜は懐炉を抱かせた

背きとは千分の一の浪漫と告げ三十六で逝きし兄者は

みずうみは一夜に一度の深呼吸殺しにためらう西湖は黒い

背泳ぎに溺れむ形で草に寝た銀河が見えた殺意に醒めた

いまさらに哭くなＮ・Ｎ殺《け》されたと九《く》八《はち》は軍曹忘却症候群

鯨座のミラの星の尾星を生み長さ十三光年　ほとけよ仏

騙《かた》れ、鳥の飛翔を

浦島の子が生き返りて騙《かた》りたる小ぶしのくねる鳥の伝説

氷痩せかわいい子らの目を爪で次に首食む白熊見ゆる

闇空に星を探して地磁気嗅ぎ鯵刺《あじさし》はゆく北の果てから

渡り鳥は夜更けてもゆく知ったため人より前に地球が丸いと

なんの譬喩　帽子は黒い嘴《くち》赤い鯵刺《あじさし》は飛ぶ南の果てへ

＊

呼んどくれキョクアジサシとほんとの名チドリ目カモメ科飛ぶのが好きさ

ぎざぎざの湾が多いし休もうよ飛ぶのは癖だ好きじゃない……と弟

やがて雨それでも飛べ飛べ突き抜けて虎のもようの水まさ雲を

雲の澪《みお》かぜゆく道を探すまで飛べよ弟飛行機より高く

餌場《えさば》だとくちばしから海へ母さんとすんげえ鯵《あじ》だぼくもつづこう

翼よつばさ今日の日誌は六百キロ眼の下は早やグリーンランド

乳いろの友を見たならキイと鳴け風が頼りの友だちだから

父さんに雌への思いを聞いたなら　否《ノン》、無理強いだタスマン島で
父はいうカッコウのやつあ他の鳥に卵を抱かせて科《とが》の良い鳴きと

目が火照る風邪を引いたか置いてって情けは無用脱け落ちますう

ああだけど旅を捨てたら鳥のはじ罪の深さに河口へ降りた

葦のまの中州に休み二日半母さんがきたもう大丈夫

癖じゃない飛ぶしかないの餌さがし雌を求める悲しい性《さが》の

いけにえはカラスに三羽飛行機に既に一羽よぼくちゃん、解る？

だれもみな仲間は死のかげそれまでは必死に飛ぶのえっちに酔うため

母さんは生の行方の謎と死を背中に貼って先へと急ぐ

濡れゆくは雨おおい羽かおおぞらか冷ますな羽を眠るなぼくよ

ハリケーンが海を掻きまぜ弟を吸いて渦巻きふくれゆくだけ

迷鳥《めいちょう》になりたくねえぞ嵐きて岩の隙間にもぐってもしぶき

なめらかな海となりしよカリブ海ぼくを映せば冬羽のおとな

レシフェの灯《ひ》が右の彼方に瞬いた二手に別れむまた会う日まで

迷い鳥かクロアジサシとすれちがうたった一羽で藍《あい》へ溶けゆく

見え隠れ南極の淵に沖あみのぷちぷち跳ねてああおいしそう

崖っぷちでペンギンくんが桃いろの糞ひり逃げる夏のなだれだ

みんなみの果ての果てなり静けさが白夜といっしょに塊《かたまり》で圧《お》す

ときおりはしじまへ走る氷山の地軸とともにしのぶ泣き声

出迎えて父と母とがもう喧嘩もめごとこそ明日への餌か

弟と呼んでも息はすきとおり塵《ちり》なき空気かげろうが揺れ

ついばみし氷のちいさき気の穴に四万年の記憶が弾け

雨水《うすい》過ぎなぜか子《ね》の星呼んでくるいざもどろうようずうずするぜ

母さんよほんにおせわになりました嫌えだ親父離れて飛ぼう

石油など要らぬ臭いぜ風が好き好き好き潮っけリオからの北風《きた》

インディアンがちょいと昔に愛してた煙草の匂いにアラモへ道草

北の果てニシンの白い春がきたぼくはたまらぬ雌の尾の奥

＊

八万キロの旅の日誌は爪あかへ鳥らは刻み春をいかせる

手羽先をふるえる声で注《たの》みたり鳥らの必死なきのうを重ねて

旅の鳥は芥子つぶとなり消えゆくに徒労を知らず六連星《むつらぼし》へと

頭より尻っけつの雁愛すなぜそうに人は？　乙姫、濃い茶を

迷鳥《まよいどり》と酔う

洗濯機の底の穴ぐら黴くさい流行っておるか機械にも鬱《うつ》が

まさおなる空を耐えずに背をむけて妻に黙して昼の酒場へ

嵐ゆき青さの怖い空がきたとんがり屋根に迷鳥《めいちょう》青鵐《あおじ》……か

昼酒はこんがり心臓《はつ》でおいしくて窓を開ければはぐれた青鵐

ブランコに旅を捨てたか青鵐きて飲むか同輩揺られるままに

烈風は風切り羽を切りたるかちゅーぴちぴちと鳴くばかりにて

戦後史はとどのつまりは酒を吸う寡婦と凡夫の胃袋の壁

進化論を拒みし老いが酔いどれて鳥の先祖は昆虫より人《ひと》だ

私小説をついに書けずに終わりゆく嘘つきの性《さが》　女将《おかみ》、おかわり

嘘つきで花を咲かせず灰撒くじじい書きちらしたり五万枚ちっと

氷一つでみるみるうちに濁りだす〝どなん〟を飲んで一人寝の宿

さいならと水さかずきで砦出《とりで》てガソリン匂うコップを翳す

バーボンを生《き》のまま注がれ裂《わか》れけり内内ゲバの七日半前

妻そだて深雪溶かす信濃川叢雲《むら》揉みて酒を生むかな

猫じゃらし二本を伐りてウォッカに男同士はやがて……殺しへ

疾風《はやて》雲すぎゆくを見て処暑のさけ叩かむ瓶を今を歌おう

ズブロッカは氷といっしょに白濁す尖りゆく刃を知っていたけど

沢桔梗のむらさき淡くそれだから自棄《やけ》酒に似る殺しの宣告

あのだねえ昼酒の前にくるな旧友《とも》「絶筆要求」まことせつなし

トロッキーの頭を割った斧ですとサーカス小屋の檻《おり》の酒庫かな

歯の白い漂流帰りの女いう赤ワインに合う人肉の腿

だれも持つ歌いたくない歌に泣く雨の日蝕処刑の順ばん

はろばろと逃げゆきしかな稚内《わっかない》崖へとすべる風にワンカップ

穴ひとつ窪みの感じの寒《かん》の月ラムの噂は蜜に満ちだす

食いちらし歌いちらしもあるのだろ風の辞典を肴に飲まむ

煮たつ湯にからし菜さっと茹であげて雨水《うすい》の酒はおひたしでいこ

からし菜の双葉を摘むとき亡き母が「ま、ま、間引き」と吃りしことを

そうだけど年子のおとうと思うべし診断書なき栄養失調

一番は地ふぶきの夜に蜘蛛《くも》の巣のもようの窓に雨待つ酒だ

ふける夕べ土間のすみっこぷつぷつと甕《かめ》は歌いてあらばしり湧く

どぶろくは澱《おり》をどかせば青ずみてなんと呼ぼうか時効なき世を

風合瀬《かそせ》とう無人の駅におりたてば海は五歩先酒が呼ぶなり

シベリアの風に揉まれて風合瀬《かそせ》駅少年おばばが詩をつくる駅

捨てられた駅のホームは罅《ひび》われて蟻を見ながら亡羊《ぼうよう》の酒

記者達に銀座で捨てられ半世紀鳩の曾孫らうずくまる道

麦熟るる〝百年の孤独〟の栓を開け日向の旅を省きけるかな

麦焼酎は四月晩春麦を刈る月の兎を寒《かん》に跳ねさす

浦島の子の喩のすえを解けずして丹後の酒を　わが鬚白く

下戸のユダは師の祈りの夜に酒飲んで前後不覚に――もし、もし、ならば

酔うほどに落馬なりとも小怪我とおお法螺吹きの荘子に馬券を

ただしきかな死生は一条の荘子なり土くれにも魂《たましい》ましてビールに

深酔いに仏壇の底の遺言の「喉ぼね磨きピアスに」どこへ

妻がひとり餃子にビールでラーメン屋と娘の密告《ちくり》　時効すらなく

秋がきて殺生河原に疾《はや》しぐれ棲取り草にひそとうつむく

かの青鵐《あおじ》つばさの傷か妻ゆえか自由の涸れかブランコに眠れ

青しとど別の名青鵐いつもいつもなんの罰だろ青を背に負う

おあいそと酒場から五歩に振り向くな青鵐が眠る暮れなずむとき

消えゆくは問答雲か風が凪ぎ梯子酒へと波止の屋台へ

もっきりのコップの酒はあふれゆく立み飲み屋台にあの星なんだ

聞こえるか銀河の鳴りは屋台まで百円玉が九個響《な》りしが

迷鳥の巣箱

笹　公人

『叙事　がりらや小唄』『おわりとね』に続く第三歌集である。小嵐さんは、ご存知の通り、直木賞候補に九二～九五年の四年連続で選ばれ、九五年には吉川英治文学新人賞を受賞、昨年は『真幸くあらば』が映画化（二〇一〇年一月公開）された押しも押されもせぬ実力派作家でもある。

他ジャンルで成功をおさめた歌人の多くが短歌から離れていく中で、小嵐さんのこの短歌への情熱は謎である。その謎を解く鍵は、小嵐さんの経歴にあると思う。

小嵐さんは早稲田大学在学中から新左翼運動に参加し、四十代過ぎまでその活動に全力を注いでいた。銃刀法違反などの容疑で逮捕され、五年間監獄にいた。小嵐さんには、『蜂起には至らず　新左翼死人列伝』（講談社文庫）という二十七人の死者へのレクイエム的なノンフィクションエッセイの名著があるが、この本を読んで、小嵐さんが短歌にこだわる理由がなんとなくわかる気がした。レクイエム（挽歌）は短歌の本領だからである。

学生運動の短歌といえば、岸上大作、福島泰樹、三枝昻之、道浦母都子などがすぐに思い浮かぶが、小嵐さんもその系譜に連なる歌人といえるだろう。だが、小嵐さんの歌は、岸上大作のようにリアルタイムでその闘争を詠んでいるわけではなく、全共闘運動の悲惨な幕切れを体験したあとの、ずっと大人になってからの回想詠なので、その歌はどこか客観的で、革命への憧れや闘志よりも、挫折感やしらけを感じさせるものが多い。これは回想詠であると同時に全共闘運動で敗北した学生たちへのレクイエムなのだと感じた。その傾向の歌は第一歌集、第二歌集に多く見られたが、今回の『明日も迷鳥』にも散見された。小嵐さんの中でその作業はまだまだ終わっていないのだろう。

れーにんの柩の軽さに哭くおみな岬の風きてるーじゅ剝がれむ
ぶはーりんは処刑待つ地に帰りけり目隠しされて処刑されたり
国防服にめったやたらに星つけてぶるがーにんは悩まざりけり

いずれも序章「しゃがんで、西を」からの歌だが、レーニン、ブハーリン、ブルガーニン、などのソ連の革命家、政治家をあえて「ひらがな」で表記することによって、複雑な感情を表明しているのだろう。あるいは身の安全のためにわざとぼやかして書いているのかもしれない。この作業は小嵐さん流に言えば「しんどい」の一言に尽きるのではないだろうか。そんな風にしんどい思いをしながらも挽歌を詠まずにはいられない小嵐さんには、ある種の使命感、責任感のようなものがあるに違いない。

学生運動には興味がなく、また知識も持ち合わせていない自分は、歌意を読み解くのに苦労する歌が多かったのだが、以下のような歌はすんなりと入ってきた。

白足袋のかたっぽ置いて帰りたる女はどこへ湯河原の宿
霧の吹く連れこみやどの廃屋にからすの四羽つばさ研ぎけり
冷やざけは厚いこっぷに目いっぱい年増の女の入れ歯の脇で

どこか、つげ義春の旅行記漫画のような鄙びた抒情の漂う歌である。三首目の、場末のざっかけない酒場のような雰囲気はどうだ。ここにはディズニーランド的世界からいちばん遠い世界がある。こういった歌は第一歌集、第二歌集にはあまり見られなかったのだが、年齢を重ねることによって小嵐さんの歌の世界も少しずつ変化しているように見える。

妻恋の歌も印象に残った。

ニコチンの酔いといっしょにやってきた初恋のひと妻へのくちづけ

歌謡曲っぽい下の句にひっかかる歌人もいるだろう。だが、小嵐さんが高校に入学した時に一目惚れした一年先輩の少女に一途な思いを貫き、ついには結婚までしたという背景を知れば、この下の句もなかなか味わい深いのである。この歌にかぎらず、小嵐さんの短歌は思わずメロディーをつけたくなるようなものが多い。だから小嵐さんの短歌は、「歌」よりも「唄」という字がよく似合う。

猛烈なアプローチによって射止めた女性だからか、泣く子も黙る革命家も奥様には頭が上がらないご様子。奥さんのかげでこっそりと煙草を吸う歌も印象に残った。

エイディプス王をおもえば悲し父ちゃんは母ちゃんのかげで煙草すうなり

核をもつわくわく気分にくらべれば妻よたばこはちいせーぜ　あん

そんな小市民的な行動にも「エイディプス王」「核をもつわくわく感」などに結びつけるあたり、小嵐さんは骨の髄までインテリゲンチャだと思う。

夏隣りに噎せるよもぎに足をとられ昼に飲む酒娘《こ》よな密告《ちく》りそ
妻がひとり餃子にビールでラーメン屋と娘の密告《ちくり》　時効すらなく

小嵐家では、煙草だけでなく昼酒も禁止されているらしく、昼酒と密告という言葉はセットになって出てくる。〝密告〟。学生運動ではチンコロという隠語で呼ばれていたこの忌まわしい二文字に作者は人一倍敏感なのである。

集中でいちばん心に迫ってきたのは、夭折した甥への挽歌連作「消し炭いろの」である。

とととんとん躊躇《ためら》いかすれかみっぺら機器のすきから訃報をよこす
蓋を開け首の紐あと見たりけり死化粧乗らぬ消し炭いろの
つかのまのメロンの甘みと地球史の謎を解かむと死を選《と》りしか甥は
鉄の箸は菜箸《さいばし》に似た突つきばし妹と二人で骨はさびしよ
ほねが鳴る瀬戸の骨壺どそみふぁそ聞こえてくるぞ少女が欲しいと

一首目、「とととんとん」という間抜けな音で訃報が送られてきたのだという。電報でも電話でもなくＦＡＸで知らされる訃報はどこか軽い。そこに虚しさと憤りを感じているのである。三首目は、「メロンの甘みと地球史の謎」といういかにも小学生好みの具体的な取り合わせもリアルで涙を誘う。五首目の「どそみふぁそ」とはピアニカの音色だろうか。「少女が欲しい」という幻聴を聞きとったのも、甥への愛情の深さゆえであろう。歌の中では決して泣き叫んだりはしない抑制された表現が逆に凄みを生んでいる。こういった身内へのレクイエムを詠むとき、小嵐さんの詩魂は悲しいほどに冴えわたる。

申し遅れたが、私は小嵐さんの弟弟子にあたる歌人である。短歌結社「未来」の大先輩でもある小嵐さんは、岡井隆先生のかつての門下であり、年齢差は親子ほどあるが、長兄と末弟のような関係ということになる。

初めて小嵐さんにお会いした時の印象は強烈だった。五年間にわたる獄中修行の経歴と野武士集団の筆頭のようなペンネームから、槍をかついだ梶原一騎のような男があらわれるのではないかと緊張したのだが、予想に反して、小嵐さんはスマートかつ柔和な白いスーツの似合う紳士だった。そして、短歌への並々ならぬ思いを知ってさらに驚いたのである。

他ジャンルで名を成した人物が短歌をやると余技と見なされがちだが、小嵐さんは違う。本気で短歌に真向かっている歌人なのである。実際あるインタビューでは、一番好きなジャンルはなんですかという質問に、「そりゃー短歌です」と答えていらっしゃる。

第二芸術論ではないが、小説に比べると短歌はあきらかにマイナーなジャンルで、異業種パーティーなどで遭遇した売れっ子作家に「歌人です」と名乗ろうものなら、「良いご趣味をお持ちで……」などという返事が返ってくることもある。いまの世の中では一般的に、詩歌は散文よりも格下の表現ジャンルと思われている節があるのだ。そんな中で、小嵐さんのように小説家として大活躍している人が、「短歌って実は難しいブンガクなんだぞ。短歌って実は凄えんだぞ」とあちこちで声を大にして叫んでくださっている姿は感動的であり、歌人の端くれとして、頼もしくもありがたい存在とひそかに感謝しているのである。

短歌界はこういう歌人を大切にしなくてはならない。

初出一覧

しゃがんで、西を	「短歌」一九九九年七月号
『田中小実昌さんへ』	読売新聞　二〇〇〇年二月二五日
死海の北へ	「短歌」二〇〇〇年六月号
仲間殺しに杏咲き	「短歌」二〇〇一年五月号
あざみの綿毛	「短歌」二〇〇一年一〇月号
枯れ葉に	朝日新聞　二〇〇一年一一月一〇日
背黒かもめ	「短歌」二〇〇二年四月号
イラク春情	「短歌」二〇〇三年七月号
犬生き挽歌	「詩と思想」二〇〇三年八月号
少女の断食月	「短歌四季」二〇〇四年三月号
花の記憶	「短歌」二〇〇四年六月号
問いて、答えず	「短歌」二〇〇五年一〇月号

海王星と花見　「短歌研究」二〇〇六年六月号

骨壺への煙草　「短歌」二〇〇六年一二月号

夏隣りの国道駅　「短歌」二〇〇七年八月号

消し炭いろの　「短歌研究」二〇〇八年八月号

襟裳の岬へ　「短歌」二〇〇八年一一月号

鳥ではなくて　「短歌」二〇〇九年六月号

むかしものがたり　「短歌研究」二〇〇九年九月号

騙《かた》れ、鳥の飛翔を　歌いおろし

迷鳥《まよいどり》と酔う　歌いおろし

著者略歴

1944年秋田県能代生まれ。神奈川県立川崎高校、早大卒。歌集に『叙事　がりらや小唄』(短歌研究社)、『おわりとね』(角川書店)。小説に『癒しがたき』(角川書店)、『ふぶけども』(小学館)、『蜂起には至らず』(講談社)、『真幸くあらば』(講談社)、『悪《わる》武蔵』(講談社)など。

検印省略

平成二十二年五月三十日　印刷発行

歌集　明日《あした》も迷鳥《まよいどり》

定価　本体一二〇〇円（税別）

著者　小嵐《こあらし》九《く》八《はち》郎《ろう》

郵便番号二一〇―〇八四五
神奈川県川崎市川崎区渡田山王町一一―一四

発行者　堀山和子

発行所　短歌研究社

郵便番号一一二―〇〇一三
東京都文京区音羽一―一七―一四　音羽YKビル
電話〇三（三九四四）四八二二番
振替〇〇一九〇―九―二四三七五番

印刷者　東京研文社
製本者　牧製本

ISBN 978-4-86272-181-5　C0092　¥1200E

短歌研究社　出版目録

＊価格は本体価格（税別）です。

歌集	夏羽	梅内美華子著	A5判	二二四頁	三〇〇〇円	〒二九〇円
歌集	赦免の渚	石本隆一著	A5判	二〇八頁	三〇〇〇円	〒二九〇円
歌集	巌のちから	阿木津英著	四六判	一九二頁	二六六七円	〒二九〇円
歌集	天籟	玉井清弘著	A5判	二〇八頁	三〇〇〇円	〒二九〇円
歌集	雨の日の回顧展	加藤治郎著	A5判	二〇八頁	三〇〇〇円	〒二九〇円
歌集	睡蓮記	日高堯子著	A5判	一七六頁	三〇〇〇円	〒二九〇円
歌集	卯月みなづき	武田弘之著	四六判	一七六頁	二六六七円	〒二九〇円
歌集	世界をのぞむ家	三枝昂之著	四六判	二二四頁	三〇〇〇円	〒二九〇円
歌集	ジャダ	藤原龍一郎著	A5判	二〇〇頁	三〇〇〇円	〒二九〇円
歌集	明媚な闇	尾崎まゆみ著	四六判	一七六頁	二六六七円	〒二九〇円
文庫本	大西民子歌集（増補『風の曼陀羅』）	大西民子著		二一六頁	一七九六円	〒二一〇円
文庫本	岡井隆歌集	岡井隆著		二〇〇頁	一二〇〇円	〒二一〇円
文庫本	馬場あき子歌集	馬場あき子著		一七六頁	一二〇〇円	〒二一〇円
文庫本	島田修二歌集（増補『行路』）	島田修二著		二四八頁	一七一四円	〒二一〇円
文庫本	塚本邦雄歌集	塚本邦雄著		二〇八頁	一七四八円	〒二一〇円
文庫本	上田三四二全歌集	上田三四二著		三八四頁	二七一八円	〒二一〇円
文庫本	春日井建歌集	春日井建著		一八四頁	一九〇五円	〒二一〇円
文庫本	佐佐木幸綱歌集	佐佐木幸綱著		二〇八頁	一九〇五円	〒二一〇円
文庫本	高野公彦歌集	高野公彦著		一九二頁	一九〇五円	〒二一〇円
文庫本	続馬場あき子歌集	馬場あき子著		一九二頁	一九〇五円	〒二一〇円
文庫本	前登志夫歌集	前登志夫著		二〇八頁	一九〇五円	〒二一〇円